AN DIABHAL
AR AN ÓL

AN DIABHAL
AR AN ÓL

AGUS SCÉALTA EILE
ÓN GCIAN-OIRTHEAR

MICHEÁL Ó CONGHAILE

Cló Iar-Chonnacht
Indreabhán
Conamara

An chéad chló 2013
© Cló Iar-Chonnacht 2013

ISBN 978-1-909367-67-8

Dearadh: Deirdre Ní Thuathail
Dearadh clúdaigh: Clifford Hayes

Tá Cló Iar-Chonnacht buíoch de Fhoras na Gaeilge
as tacaíocht airgeadais a chur ar fáil.

Foras na Gaeilge

Faigheann Cló Iar-Chonnacht cabhair airgid
ón gComhairle Ealaíon.

Tá an t-údar buíoch de Chlár na Leabhar Gaeilge (Foras na Gaeilge) as coimisiún a bhronnadh air i leith an tsaothair seo.

Clóchur: Cló Iar-Chonnacht, Indreabhán, Co. na Gaillimhe.
Teil: 091-593307 Facs: 091-593362 r-phost: eolas@cic.ie
Priontáil: Castle Print, Gaillimh.

CLÁR

CLANN CHRAICEÁILTE

Bhí teaghlach ann uair agus bhí gach duine den teaghlach aisteach sa gcloigeann. Bhí siad ar fad imithe craiceáilte. Maidin amháin thug an seanathair dhá bhonn euro dá gharmhac.

"Téigh amach go beo agus faigh luach euro salainn agus luach euro piobair dom," a d'ordaigh sé.

Chuir an buachaill na boinn síos ina phócaí, thóg dhá chrúsca ón gcófra agus shiúil chomh fada le siopa an ghrósaera. Ach i gceann cúpla nóiméad d'fhill sé ar ais ar an teach agus é an-trína chéile.

"Cé acu euro a gceannóidh mé an salann leis agus cé acu euro a gceannóidh mé an piobar leis?" a d'fhiafraigh sé agus euro i chaon láimh aige á dtaispeáint dá sheanathair.

"Nach cuma sa diabhal cé acu! A amadáin mhóir, nach mar a chéile iad," a scread an seanfhear.

Rith an buachaill leis an dara babhta ach ba ghearr go raibh sé ar ais arís gan an salann ná an piobar.

"Cé acu crúsca a gcuirfidh mé an salann ann agus

cé acu crúsca a gcuirfidh mé an piobar ann?" a d'fhiafraigh sé agus é ag scríobadh a chinn agus é idir dhá chomhairle.

Rug a sheanathair, a raibh an fhoighne caillte aige faoi seo, ar mhaide agus thosaigh sé ag bualadh an bhuachalla.

Tháinig athair an bhuachalla isteach agus é ar buile.

"Á! Céard sa mí-ádh atá ar bun agat?" a scread sé. "Tá tú ag tabhairt drochíde do mo mhacsa, a chladhaire bradach. Déanfaidh mise an rud céanna le do mhacsa, mar sin, mar dhíoltas ort." Agus thosaigh sé á bhualadh féin san éadan agus sa tóin le maide mór.

Tháinig racht feirge ar an seanfhear.

"In ainm Dé," a scread sé, "mura stopfaidh tusa ag bualadh mo mhic, crochfaidh mé d'athair!"

Agus murach gur tháinig na comharsana isteach nuair a chuala siad an t-achrann agus gur stop siad é, is dóigh go gcrochfadh an seanfhear é féin.

DEARTHÁIREACHA

Bhí beirt dheartháireacha ann. Rinne an dearthair ba shine saibhreas an-mhór ach bhí a dheartháir óg ag éirí níos boichte agus níos boichte in aghaidh an lae. Chuaigh an saol ina choinne. Ach in áit cúnamh agus tacaíocht a thabhairt dá dheartháir óg is amhlaidh a d'iompaigh an dearthair ba shine a chúl leis. Théadh sé amach ag ól is ag ragairne is ag caitheamh a chuid airgid go fánach in éineacht lena chairde, a bhí ar aon intinn leis féin.

"Ba chóir duit smaoineamh ar do dheartháir óg anois is arís," a dúirt a bhean chéile leis, "in áit a bheith ag caitheamh do chuid airgid go seafóideach in éineacht le pleidhcí agus leibidí nach mbeadh meas muice acu ort murach go bhfuil airgead fairsing agat."

"Labhair go múinte faoi mo chairde, a bhean," a d'fhreagair sé. "Tá a chinniúint féin i ndán do gach duine. Lig do mo dheartháir breathnú amach dá shaol féin."

Ach theastaigh ón mbean a shúile a oscailt dó. Tráthnóna amháin, le linn dá fear céile a bheith amuigh ag ól lena chairde, mar ba nós leis, mharaigh sí madra. Chuir sí síos i mála é agus chuir sí sa talamh é i gcúinne an ghairdín chúil. Nuair a d'fhill a fear lig sí uirthi féin go raibh sí ag dul as a meabhair le himní.

"Céard a dhéanfaidh mé? Céard a dhéanfaidh mé?" a chaoin sí. "Mharaigh mé gasúr. Mharaigh mé gasúr."

"Dia idir sinn agus an t-olc! Cén chaoi sa mí-ádh ar tharla sé sin?" a d'fhiafraigh a fear, an mheisce ag imeacht de leis an ngeit a baineadh as.

"Tháinig sé go dtí an doras ag díol ticéid," a dúirt sí. "Nuair a dúirt mé leis nach raibh aon sóinseáil agam thosaigh sé ag eascainí orm is ag tabhairt ainmneacha maslacha orm. Nuair a tharraing mé buille air leis an scuab é, sciorr sé agus thit sé. Scoilteadh a chloigeann faoin tsráid."

"Cén áit ar chuir tú an corp i bhfolach?"

"Thíos ansin i gcúinne an ghairdín. Ní mór dúinn cabhair a fháil ó dhuine éigin le cuidiú linn fáil réidh leis roimh bhreacadh an lae."

"Ceart go leor, ceart go leor, beidh sé sin éasca go leor," a dúirt a fear. "Gheobhaidh mé cuid de mo chairde le lámh chúnta a thabhairt dom."

Ach thréig a chairde ar fad é, duine i ndiaidh a chéile, iad siúd go léir a bhíodh chomh mór sin leis nuair a bhíodh sé ag ól is ag ragairne.

"Iarr ar do dhearthár cabhrú leat," a dúirt a bhean i gcogar scanrúil.

"Tá faitíos orm go ndiúltódh sé sin cabhrú liom freisin," a d'fhreagair sé.

"Bain triail as ar aon nós. Chuala mé ráite é go bhfuil deartháireacha gar dá chéile, cosúil le méaracha difriúla ar an láimh chéanna!"

Bhí an ceart ag an mbean. Tháinig an deartháir óg go fonnmhar, é ag iarraidh teacht i gcabhair ar an deartháir. Chart siad uaigh in áit iargúlta agus chuir siad, mar a cheap siad, corp an ghasúir síos ann.

An lá dár gcionn, tháinig a chairde bréige agus bhagair siad ar an deartháir go sceithfidís air. Nuair a thug sé bóthar dóibh, d'inis siad an scéal do gharda an rí mar dhíoltas air agus iad ag súil le haisíoc éigin dóibh féin.

Ach ansin d'inis an bhean fírinne an scéil do chaptaen na ngardaí: gur cleas a bhí ann a d'imir sí ar a fear céile le ciall a mhúineadh dó.

Tógadh an corp as an talamh agus chonaic gach duine an cruthúnas. Madra marbh.

AN DIABHAL AR AN ÓL

Bhí fear ann uair a raibh dúil mhór sa mbuidéal aige ionas gur rug an t-ól air in imeacht ama. Nuair nach mbíodh aon deoir fanta le n-ól aige bhíodh sé chomh cantalach nárbh fhéidir cur suas leis. Agus nuair a bhíodh teacht ar bhraon aige ní bhíodh sé in ann a chloigeann a thógáil as nó go mbíodh sé caochta glan as a mheabhair. Fiú na cuileoga beaga is na míoltóga a bhíodh ag baint greimeanna feola as agus ag diúl braonacha fola as d'éirídís súgach ionas nach mbíodh a fhios acu cá mbídís ag dul.

Bhí bean agus go leor gasúr aige. Gach lá bhíodh sé ag mungailt an tseanscéil chéanna.

"Sula bhfaighim bás ba mhaith liom mo mhac is sine a chur isteach sa teampall ar feadh tamaill le bheith ina mhanach, de réir nós na tíre."

Agus leanadh sé ar aghaidh, a chuid cainte dírithe ar a bhean agus a chlann.

"Nuair a fhaighimse bás is cuma liom sa diabhal sochraid a bheith orm nó gan a bheith. Ní iarraim ach aon achainí amháin oraibh, is é sin, nach ndéanfaidh sibh dearmad buidéal mór lán a chur isteach sa gcónra liom."

Nuair a bhí a mhac sách sean le móid dílseachta a ghlacadh san ord rialta bhí an t-athair an-sásta. Fuair sé a bhean chun féasta a ullmhú agus chun gach a raibh ag teastáil don ócáid agus don cheiliúradh a fháil faoi réir. Ach sula raibh gach rud réidh aici thit a chodladh air agus cailleadh láithreach é. Rinne a mhuintir mar a d'iarr sé agus chuir siad buidéal biotáille isteach sa gcónra leis sular creimeadh é.

Tar éis dá anam scaradh lena chorp chuaigh sé síos díreach i dtreo ifrinn. Lean an buidéal síos é. Sheas sé ag an ngeata agus an buidéal ina láimh. Thosaigh an diabhal a bhí ag an ngeata á cheistiú.

"An fear maith a bhí ionat i rith do shaoil? Céard iad na dea-ghníomhartha a rinne tú?"

Chroith an fear a cheann agus d'fhreagair, "Ní dhearna mé tada dá leithéid. Dea-oibreacha níor chleacht mé ná ofrálacha ní dhearna mé. Chaith mé mo shaol ar fad ar an ól is ag ragairne. Ag spraoi is ag pléaráca."

Leis sin rug sé ar an mbuidéal agus bhain sé an corc as, chuir lena bhéal é agus bhain deoch bhreá bhiotáille as go sultmhar, beag beann ar an diabhal a bhí ag gardáil gheataí ifrinn agus ag stánadh air.

Fuair an diabhal boladh láidir an óil agus chuir ceist air.

"Seans go bhfuil blas maith ar an mbranda sin atá á ól agat?"

"Tá," a dúirt an fear agus thairg an buidéal don diabhal. "Mura gcreideann tú mé, blais de go bhfeicfidh tú. Is é an cara is fearr a d'fhéadfadh a bheith ag duine é. Ní fhágann sé duine leis féin. Má ólann tú beagán beidh tú súgach. Má ólann tú go leor beidh tú ag titim ar meisce. Ach mura n-ólann tú tada ní bheidh tú in ann dul go dtí an leithreas fiú!"

Bhraith an diabhal tart ag teacht air agus theastaigh uaidh a fháil amach dó féin an raibh an fhírinne ag an bhfear. Cé nár theastaigh uaidh dul ar an ól le linn dó a bheith ar dualgas, shín sé amach a lámh ag breith ar an mbuidéal. Bhain sé blogam as agus níor stop an bheirt acu ag ól nó go raibh an buidéal triomaithe acu. Mhothaigh an diabhal an teas ag treabhadh tríd agus bhí a fhios aige ansin go raibh an fhírinne ag an bhfear.

Le linn dóibh a bheith ina seasamh ansin ag comhrá go súgach síochánta thosaigh an fear ag smaoineamh ar an saol a bhí caite aige. Phléasc sé amach ag caoineadh agus lig osna mhór. Bhí an diabhal lán le trua dó.

"Níl ann ach go bhfuil tú tar éis deoch mhaith a bheith agat. Cén fáth a bhfuil tú ag caoineachán?" a d'fhiafraigh sé.

"Tá mé ag caoineadh mar tá mo chroí briste," a d'fhreagair an fear. "Goilleann sé go mór orm nach

raibh mé in ann mo mhac a fheiceáil ag dul isteach sa
teampall le bheith ina mhanach. Bhí gach rud réidh
don cheiliúradh ach bhásaigh mé go tobann. Ó, ach dá
bhféadfainn gach a raibh tosaithe agam a chríochnú
nach mé a gheobhadh an bás sona!"

Thuig an diabhal a chás. Agus cé go raibh a
phléisiúr nua-aimsithe ag cur beagán mearbhaill air,
bhí sé thar a bheith sásta faoi chomh coinsiasach agus
a bhí an fear faoina dhualgas. D'oscail sé an leabhar
mór rolla lena fháil amach cén aois a bhí ag a chara
nua. Fuair sé amach nach raibh sé ach an dá scór.
Chonaic sé go soiléir é. Dhá scór. Ceathair agus náid.

D'umhlaigh an fear a cheann go híseal sa dusta
agus d'impigh, "Ní iarraim ort ach aon achainí amháin:
bíodh trua agat dom agus lig dom filleadh le go
bhféadfaidh mé freastal ar ócáid cheiliúrtha mo mhic
agus é ag dul isteach sa teampall. Má bhíonn orm bás
a fháil ar an toirt ansin, ní miste liom."

"Glacaim le d'iarratas," a dúirt an diabhal ag
tabhairt a cheada. "Tá tú an dá scór anois agus
tabharfaidh mé bliain eile cairde duit."

Chuir sé bliain bhreise leis an aois ansin, á scríobh
síos agus dúirt, "Tá do dhóthain ama agat le dea-
ghníomhartha a dhéanamh. Faoi dheireadh na bliana
beidh do mhac fillte ar ais ón teampall. Ansin
piocfaidh mo chúntóir suas thú."

Bhí go maith is ní raibh go holc. Threoraigh

searbhóntaí an diabhail ar ais chun an tsaoil seo é. Chuir sé tús le saol nua ansin. Níor stop sé le cuntas ná tuairisc a thabhairt ar a eachtra. Ina áit chuir sé deireadh leis na hullmhúcháin don cheiliúradh. Chuaigh sé ar ais ar an ól arís ansin mar gur dhúirt sé leis féin nach raibh ach fíorbheagán ama – bliain amháin – fágtha aige nó go mbeadh a thréimhse cairde istigh.

Ach nuair a bhí an bhliain caite bhí sé soiléir go raibh moill éigin curtha ar a bhás. Ba ghearr go raibh dhá bhliain imithe, agus trí bliana, agus fiche, tríocha, ceathracha, agus caoga bliain.

Ní fhéadfadh an fear bás a fháil.

Thosaigh a shláinte ag teip air. D'éirigh sé an-sean, bacach agus cróilí. Bhí sé sínte siar ar an leaba ansin ar feadh i bhfad agus gan é in ann tada a dhéanamh. Ní raibh sé ag baint aon taitneamh as a bheith ag ithe agus ag ól ní ba mhó. Bhí sé tinn tuirseach den chineál saoil a bhí aige agus chuir sé a mhallacht ar an diabhal arís agus arís eile.

Bhí iontas ar an diabhal freisin nár tugadh an fear ar ais os a chomhair. Tar éis an tsaoil níor cheadaigh sé ach aon bhliain amháin breise dó. Bhí sé sin ar a intinn agus thóg sé anuas an leabhar rolla. D'oscail sé í, d'fhéach uirthi agus lig sé scread.

"Breathnaigh anseo! Bhí an fear ceathracha bliain d'aois nuair a cailleadh i dtosach é. Ceathracha.

Ceathair agus neamhní. Ceadaíodh bliain amháin eile dó mar bhónas. Ach céard seo anseo! Ceathair agus a neamhní agus a haon! Ceithre chéad agus a haon! Botúúúún! Caithfidh sé cur suas le ceithre chéad agus a haon bliain ar an saol anois! Ní fhéadfadh sé bás a fháil fiú dá mbeadh sé á iarraidh. Is é an saol fada an pionós is fearr agus is measa don druncaeir seo anois. Más maith nó olc leis é."

NÁ GÁIR I DO CHODLADH

Bhí fear ann uair a phléasc amach ag gáire go pleisiúrtha le linn dó a bheith ina chodladh i rith a *siesta*. Chuala a bhean é agus thug sí sonc maith sna heasnacha dó. Dhúisigh sé de phreab.

"Cén fáth a raibh tusa ag gáire i do chodladh?" a d'fhiafraigh sí agus í ag stánadh go fiosrach air.

"Á, bhí mé díreach ag brionglóidí," a dúirt sé, "gur thug tusa cead dom dul amach ag spraoi agus ag caidreamh le mná óga dathúla!"

Chaill an bhean an cloigeann.

"Nach agat atá an muinéal!" a scread sí.

"Ach ní raibh ann ach brionglóid, a stór!" a dúirt sé agus é ag iarraidh í a chur ar a suaimhneas agus a bheith go deas léi.

"Níl cead agatsa brionglóidí dá leithéidí sin a bheith agat arís go deo deo," a bhagair sí air go feargach. "Sin masla mór domsa."

"Ceart go leor, ceart go leor mar sin. Ní bheidh brionglóidí dá leithéid agam níos mó!" a gheall sé.

"Agus ná bí ag iarraidh a bheith glic anois ach

oiread!" a dúirt sí. "Ón aithne atá agamsa ortsa, b'fhéidir go n-imreofá cleas orm agus go mbeadh tuilleadh brionglóidí dá leithéid arís agat ach nach dtosófá ag gáire lena linn. D'fhéadfá dallamullóg a chur orm ar an gcaoi sin."

Ní raibh an fear in ann a chruthú di nach amhlaidh a bheadh. Is bhí air geallúint a thabhairt di nach mbeadh aon *siesta* eile aige feasta mar réiteach ar an scéal.

BUA AN BHÁIS

Bhí fear bocht ann a d'fhulaing go leor. Rinne sé chuile iarracht a shaol a fheabhsú trí oibriú go crua, é ag súil go mbeadh teacht isteach rialta aige. Ach dá chruaichte dár oibrigh sé ba ea ba mhó a chúis díomá. Ba mhinic nach mbíodh aige ach an greim ba lú le cur ina bhéal.

Tar éis tamaill bhí sé lag, traochta, spíonta ag na hiarrachtaí seo go léir. In olcas a bhí sé ag dul lá i ndiaidh lae agus ba bhoichte a bhí sé ag éirí. Ní raibh spreacadh ar bith fanta ann agus rinne sé cinneadh dó féin. Ós rud é nach raibh aon éalú ón síorchrá ní raibh ach bealach amháin as, a dúirt sé leis féin: bás a fháil.

Chomh luath agus a bhí a intinn déanta suas aige d'fhág sé a bhothán cónaithe agus thug a aghaidh ar an bhforaois. In aice an chosáin ar a raibh sé ag siúl, trí na sceacha agus na fiailí, tháinig sé ar chónra oscailte, áit a bhféadfaí corp a fhágáil. Chuaigh sé isteach sa gcónra agus luigh siar, gan fonn air éirí choíche arís aisti. Ghuigh sé go bhfaigheadh sé bás tobann. Ní bhfuair.

Chaith an fear dhá lá ina luí istigh sa chónra ag fanacht. Le titim na hoíche ar an tríú lá bhí sé an-chiúin sa bhforaois agus go tobann chuala sé coiscéimeanna ag teacht ina threo. Tháinig na coiscéimeanna níos gaire agus níos gaire nó gur stop siad le taobh na cónra.

Ansin chuala an truán guth, a dúirt leis i gcogar, "Cén fáth ar tháinig tusa anseo agus cén fáth a bhfuil tú i do luí siar sa gcónra seo? Ní hí seo do chónrasa. Ní anseo atá fód do bháis beag ná mór. Agus tá lá do bháis blianta fada uait fós. B'fhearr duit éirí dá bhrí sin agus dul abhaile. Ní bheidh sé i bhfad nó go mbeidh tú i d'fhear saibhir! Éist lena bhfuil le rá agam. Tá fód do bháis faoi chrann mór atá taobh amuigh de gheataí an bhaile. Is ansin a gheobhaidh tú bás de réir na cinniúna agus ní anseo ná in aon áit eile."

Stop an chogarnaíl agus d'imigh na coiscéimeanna i léig. Rinne an fear a bhí sa gcónra a mhachnamh ar a raibh cloiste aige. Chreid sé gurbh é an bás a labhair leis.

"Más rud é nach anseo atá fód mo bháis cén fáth a gcaithfinn mo chuid ama anseo ag fanacht?" a dúirt sé leis féin. "Ba chóir dom iarracht a dhéanamh tús a chur le saol nua. B'fhéidir go n-éireodh níos fearr liom agus b'fhéidir go ndéanfainn mo chuid airgid agus mo shaibhreas freisin an babhta seo!"

Bhí an cinneadh déanta. Dhírigh an fear aniar sa gcónra, d'éirigh ina sheasamh agus shiúil amach aisti agus thug sé a aghaidh ar an mbaile mór. Chuir sé tús le ceird nua ansin. Bhíodh sé ag díol agus ag ceannacht gach míle ní agus in imeacht ama mhéadaigh agus d'fhorbair a ghnó. Ba ghearr go mba fear gnó measúil a bhí ann. Bhí neart le n-ithe agus le n-ól aige agus dearmad glan déanta aige ar chruatan an tsaoil mar a bhíodh. Bhí ag éirí chomh maith leis sa saol go ndeachaigh sé amach ag cuartú bean chéile dó féin. Phós sé. Chónaigh a bhean go sona sásta leis agus bhí fuíoll na bhfuíoll acu. Bhí caidreamh maith eatarthu agus gan easpa ná ganntan dá laghad orthu. Ba mhinic a smaoiníodh sé mura gcasfaí an bás air na blianta roimhe sin nach mblaisfeadh sé choíche den só ná den fhortún a bhí sa saol anois aige.

Smaoinigh sé ar an tairngreacht go raibh fód a bháis faoi chrann mór ag geataí an bhaile. Dá réir sin sheachain sé an áit agus chinntigh sé gur fhan sé glan air i gcónaí. Mar fhaitíos roimh an mbás sheachain sé gach rud a d'fhéadfadh é a mhealladh i dtreo na háite, é ag meabhrú dó féin nár ghá dó bás a fháil choíche dá bhféadfadh sé an áit sin a sheachaint.

In imeacht ama saolaíodh cailín beag dóibh.

Saolaíodh an dara agus an tríú cailín agus b'álainn na cailíní iad. Ba é mian a chroí go mbeadh mac aige ach ní amhlaidh a bhí ach saolaíodh tuilleadh cailíní dóibh. Chuir an méid seo isteach air agus bhí a bhean míshásta freisin.

Idir an dá linn d'aimsigh a bhean áit speisialta ina bhféadfadh sí a cuid paidreacha a rá, ofrálacha a dhéanamh agus ina bhfaigheadh sí éisteacht dá guí mac a bheith acu. Tar éis tamall bhí sí ag súil le páiste agus in imeacht ama saolaíodh mac dóibh. Bhí an mac láidir sláintiúil, beathaithe, a éadan ag lonradh – ionas go ndearna a thuismitheoirí dearmad ar an am ar theastaigh mac chomh géar sin uathu. Anois go raibh sé acu bhí siad sona sásta agus níor iarr siad níos mó.

Lá amháin, tar éis na hoibre, dúirt an bhean lena fear, "A stór, ba mhaith liom dá gcuideofá liom ofráil bhuíochais a dhéanamh. Tabhair leat na bronntanais seo go dtí an crann atá taobh amuigh de gheataí an bhaile. An oíche sular gineadh ár mac chuaigh mise go dtí an crann a fhásann ansin agus ghuigh mé go mbeadh mac againn. Anois go bhfuil toradh ar ár nguí tá orainn an ofráil atá dlite a dhéanamh, nó d'fhéadfadh ár mac a bheith i gcontúirt mhór agus an mí-ádh a bheith air."

Sheas an fear ina staic ansin agus geit bainte as nuair a chuala sé ráiteas a mhná agus an t-eolas a choinnigh sí uaidh go dtí sin. Tháinig dath bán ar a éadan agus thosaigh sé ag crith as éadan. Ach lean a bhean uirthi ag iarraidh air ofrálacha a dhéanamh dá mac. Thuig an fear go bhféadfadh a mhac a bheith i mbaol mura ndéanfadh sé amhlaidh. Faoi dheireadh thiar thall bhí a dhóthain misnigh aige na nithe a bhí le n-ofráil a chruinniú le chéile agus aghaidh a thabhairt ar gheataí an bhaile. Chinntigh sé nach ndeachaigh sé róghar don chrann ach d'fhan píosa maith siar uaidh fad a bhí sé ag rá a phaidreacha buíochais. D'fhan sé amach freisin ón altóir nuair a bhí sé ag siúl timpeall uirthi le linn dó a bheith ag guí agus arís níos deireanaí nuair a leag sé a chuid ofrálacha os comhair theach na spiorad. Ina phaidreacha labhair sé le spiorad coimirceach an chrainn agus d'fhógair gur don spiorad amháin na bronntanais a bhronn sé ionas nach mbrisfí an gheallúint a rinne a bhean.

Idir an dá linn bhí roinnt gabhar tar éis cruinniú thart ach níor thug sé faoi deara ar dtús iad. Ar aon nós nár thosaigh siad ag ithe an bhia a fágadh don ofráil. Theastaigh ón bhfear na hainmhithe a ruaigeadh ach ní raibh aon mhaith dó ann. D'fhan na gabhair ansin agus iad ag cangailt leo. Bhí siad stobarnáilte agus santach agus ní ligfidís uathu an bia nó go raibh gach greim ite acu.

Mhothaigh an fear an fhuil a bhí ina chuid

cuisleacha ag coipeadh le holc. Rug sé ar bhlocáin adhmaid a bhí in aice láimhe agus chaith sé le teannadh leis na gabhair iad. Ghearr na blocanna péire acu sna cosa agus bhuail sé an tríú gabhar sa gcloigeann. Thit an t-ainmhí marbh ar an talamh agus bhí an péire eile a raibh cnámha briste acu ag méileach as éadan le pian.

Nuair a thug an fear faoi deara an bhail a bhí curtha ar na gabhair aige scanraigh sé. Bhí faitíos air go dtiocfadh an t-úinéir ar thóir míniú ar an scéal agus tharraing sé an gabhar marbh i dtreo theach na spiorad agus chuir i bhfolach faoi é. Tháinig fear ar an láthair láithreach. Mar a tharla sé ba é oifigeach an rí a bhí ann a raibh sé de chúram air breathnú amach do na gabhair. Thuig an t-oifigeach ar an bpointe go raibh an fear tar éis ceann de na gabhair a mharú agus go raibh sé tar éis é a chur i bhfolach faoi theach na spiorad. Ghabh sé an fear ionas go bhféadfadh sé é a thabhairt ar láimh don rí.

Fuair an rí amach gur mharaigh an fear ceann de na gabhair agus gur fhág péire eile acu gortaithe agus a gcosa briste. Ba mhór é a phionós. D'ordaigh sé an fear a bhí ciontach a dhaoradh chun báis. Lig an fear osna mhór agus dúirt, "Tá mo bhás ag teacht mar a tairngríodh dom a thiocfadh na blianta fada ó shin. Bhí a fhios agam an méid seo leis na cianta ach, ainneoin sin, ní raibh mé in ann tada a dhéanamh faoi. Ní féidir le héinne againn éalú óna bhfuil i ndán dóibh."

Threoraigh fir an rí an fear amach as an mbaile ansin. Nuair a shroich siad an crann cheangail siad a lámha taobh thiar dá dhroim. Chuir siad púicín air.

Crochadh é.

CUAIRTEOIRÍ

Bhí ógbhean dhathúil nuaphósta ann uair a raibh triúr
fear eile craiceáilte ina diaidh: an comhairleoir contae
áitiúil, an máistir scoile áitiúil agus an sagart paróiste.
Bhí sí tinn tuirseach den triúr acu mar go mbídís ag
stánadh uirthi agus ag iarraidh í a mhealladh le bladar.

Bhí sí an-dílis dá fear céile, áfach, agus d'inis sí
gach rud dó. Bheartaigh siad beirt ar cheacht a
mhúineadh don triúr fear ainmhianacha.

Tamall ina dhiaidh sin thug sí cuireadh dóibh
teacht chun an tí. Dúirt sí leo go mbeadh a fear céile
as baile ar chúrsaí gnó. Shocraigh sí am beacht faoi
leith ar an lá céanna leis an triúr acu ach níor fhág sí
ach cúpla nóiméad eatarthu ionas go mbeidís go léir
ag teacht go dtí an teach go luath i ndiaidh a chéile.

Ba é an sagart paróiste an chéad duine a tháinig
agus aoibh naofa an gháire air. Ní raibh a phortús leis.
Ach sula raibh deis aige mórán dá dhúil a léiriú bhí
cnag eile le cloisteáil ar dhoras na sráide.

"Ó! Céard a dhéanfaidh mé? Céard a dhéanfaidh
mé?" a chaoin sé le heagla agus é ar crith.

"Téigh isteach i bhfolach sa mála codlata caite sa gcúinne ansin go beo," a dúirt sí leis. "Go tapa. Go tapa."

Chuaigh sí go dtí an doras agus ba é an comhairleoir contae a bhí ann agus é ag líochán a chuid liopaí. Ní ag smaoineamh ar vótaí, ar chruinnithe comhairle contae ná ní ag teacht ag canbhasáil a bhí sé. Thug sí cuireadh isteach dó agus labhair sí i mbriathra boga milse leis, rud a mhéadaigh is a spreag a dhúil is a chíocras tuilleadh. Ach ní raibh sé tada níos ádhúla ná an té a tháinig roimhe. Sular fhéad sé a phaisiún a léiriú i gceart buaileadh cnaganna mífhoighneacha eile ar an doras.

Scanraíodh an t-anam as, reoigh a chorp agus d'imigh an chaint uaidh, an chéad uair riamh ar baineadh an chaint den pholaiteoir.

"Gabh isteach i bhfolach faoi leaba go beo," a dúirt sí leis i gcogar. "Lig cúpla glam tafainn asat ó am go chéile. Más é m'fhear céile atá ann déarfaidh mé leis gur cheannaigh mé coileáinín beag."

Ach níorbh é a fear céile a bhí ag an doras ach an máistir scoile agus é ar sceitimíní. Bhí sé sona sásta ag breathnú agus a intinn ag gluaiseacht ar luas lasrach mar nach ag smaoineamh ar chóipleabhair a cheartú ná ar ranganna mata ná teagasc Críostaí a bhí sé.

"Ó, tú féin atá ann. Tar isteach, a stór," a dúirt sí leis. "Nach tú atá poncúil."

"Ó, bímse poncúil i gcónaí díreach mar a mhúinim do mo chuid daltaí scoile a bheith," a dúirt sé le gáire mór cairdiúil croíúil.

Ach ní mba thúisce taobh istigh den doras é ná chuala siad guth a fir chéile taobh amuigh agus é ag rá lena bhean go raibh sé sa mbaile luath mar go raibh na cruinnithe a bhí le bheith aige curtha ar ceal ar an nóiméad deiridh. "Beidh am breise againn beirt lena chéile inniu inár n-aonar," a chuala siad é ag rá.

Is ar éigean a bhí am ag an máistir scoile éalú isteach sa vardrús agus an doras a dhúnadh air féin.

Chuir a bhean fáilte roimh a fear agus í ag caochadh súile air agus ag déanamh comharthaí leis le tabhairt le fios dó go raibh an straitéis díoltais ag dul de réir an phlean.

Anois lig sí dósan gníomhú. Rinne sé ar an leaba i dtosach. Nuair a shroich sé an leaba lig an comhairleoir contae cúpla glam as féin.

"Céard é sin? Geonaíl nó tafann?" a d'fhiafraigh sé.

"Ó, sin coileáinín beag, a cheannaigh mé ar an margadh inniu," arsa an bhean agus í ar tí í féin a thachtadh ag gáire.

"Múinfidh mise dó gan a bheith ag tafann mar sin ar a mháistir," arsa an fear, ag breith ar mhaide agus ag tabhairt neart buillí don chomhairleoir contae faoin leaba.

Thug sé a aghaidh ar an vardrús ansin.

"Cloisim scríobadh éicint istigh sa vardrús sin," a dúirt sé. "Caithfidh sé go bhfuil lucháin tar éis teacht isteach. Scriosfaidh siad do ghúna bainise agus ár gcuid fo-éadaí orainn. Fan go maróidh mé iad."

Bhí sé ar tí an doras a oscailt nuair a léim an máistir scoile amach as an vardrús agus é ag impí ar fhear an tí a bheith trócaireach leis.

"Sín amach do lámha," arsa fear an tí, "nó beidh an scéal seo ag do chuid daltaí scoile roimh mhaidin," agus thug sé sé bhuille ar chaon lámh dó agus tuilleadh buillí sna másaí agus sna colpaí nuair a bhí sé ag rith amach an doras.

D'ardaigh an fear a chloigeann ansin agus thug sé faoi deara go raibh an mála mór codlata a bhí sa gcúinne lán.

"Cheap mé go bhfaca mé an mála sin folamh ar maidin," a dúirt sé lena bhean agus é ag ligean air féin go raibh iontas air. "Céard atá istigh ann?"

"Ó, clog mór nua do stuaic an tséipéil," a dúirt an bhean agus í ag ceilt a gáire. "D'iarr an sagart paróiste orm é a choinneáil in áit shábháilte nó go mbeidh am acu é a chur suas."

"Clog nua don séipéal?" arsa an fear. "Fan go bhfeicfimid cén sort fuaime a dhéanann sé nó an bhfuil fuaim bhreá fhírinneach naofa aige."

Rug sé ar an maide agus thosaigh ag lascadh an mhála. Ach níor theastaigh ón sagart paróiste go mbéarfaí air agus lean sé ar aghaidh leis an séanadh is leis an gcur i gcéill.

"Ding dong ding dong!" a dúirt sé le gach buille nó go dtí nach raibh sé in ann cur suas leis an bpian ná leis an lascadh níos faide.

"Glóir do Dhia sna harda, ding dong! Ding dong ding. DING!"

"Gráigh do chomharsa mar tú féin. Maith dúinn ár bpeacaí go léir."

"Ping pong DING!"

TÁIM AG TNÚTH GO MÓR LEIS

Bhí fear ann uair a bhí chomh simplí seafóideach sin gur tugadh "Simpleoir" mar ainm air. Aon uair a dtéadh sé amach taobh amuigh den doras bhíodh ar a bhean gach mionsonra a thabhairt dó roimh ré faoi gach cor a chuirfeadh sé de agus faoi gach rud a déarfadh sé ionas nach ndéanfadh sé amadán ceart de féin os comhair chuile dhuine.

Lá amháin bhí air aghaidh a thabhairt ar an mbaile mór le cuairt a thabhairt ar a ghaolta. Seo a leanas na treoracha a thug a bhean dó: "Ní fhaca do chuid gaolta tú le fada an lá. Mar sin, nuair a shroicheann tú an teach cuirfidh siad ceist ort, 'An tusa atá ansin, a Shimpleoir?', agus freagróidh tusa ar ais iad ag rá, 'Cinnte, is mise, Simpleoir, atá anseo.' Cuirfidh siad ceist ansin ort, 'An bhfuil tú leat féin?' agus freagróidh tusa, 'Sea cinnte, liom féin amháin'. Agus cuirfidh siad ceist ort, 'An bhfanfaidh tú linn anseo ar feadh cúpla lá?' agus freagróidh tusa, 'Cinnte, táim ag tnúth go mór leis!' Anois an bhfuil tú cinnte go mbeidh tú in ann cuimhneamh ar an méid sin?"

Chinntigh Simpleoir dá bhean go mbeadh sé in ann cuimhneamh ar na habairtí sin gan aon deacracht agus bhuail sé bóthar go sásta. Le linn dó a bheith ag siúl leis bhí sé ag cleachtadh is ag meabhrú na bhfrásaí cainte a mhúin a bhean dó. Nuair a bhí sé ag dul trí Shráid an Mhargaidh chonaic sé slua mór cruinnithe. Bhí sceitimíní ar gach duine agus iad ar bís. Rinne Simpleoir a bhealach isteach ina lár ag úsáid a dhá uillinn le daoine a bhrú as a bhealach go bhfeicfeadh sé cén t-údar a bhí leis an rírá ar fad. Chonaic sé fear marbh tite ansin i lár na sráide is an fhuil ag silt as. Maraíodh é i scliúchas éigin ba chosúil agus bhí an té a mharaigh é tar éis teitheadh.

Tháinig saighdiúirí an rí, sáirsint agus captaen. Scaip an slua go gasta mar nár theastaigh ó éinne a bheith ag freagairt ceisteanna ná baint dá laghad a bheith acu lena raibh tarlaithe ná leis an dlí.

Ach d'fhan Simpleoir ina sheasamh ina staic ansin go mórálach. Bhí sé breá sásta gur ghread na daoine eile leo, mar go raibh neart spáis aige dó féin anois lena chuid fiosrachta a shásamh. Rug na gardaí go tapa air agus thug chomh fada leis an sáirsint é.

"Bhí tusa anseo ar an láthair," arsa an sáirsint leis ag tógáil a leabhar nótaí amach. "Inis dom cé tú féin agus cé a a rinne an dúnmharú."

Thosaigh Simpleoir ag tochas chúl a chinn agus é ag iarraidh cuimhneamh ar chomhairlí a mhná. Ansin phléasc sé amach ag caint.

"Cinnte, is mise. Simpleoir. Atá anseo."

Stán an sáirsint go géar air, agus d'fhiafraigh de ghuth garbh, "Leat féin amháin?"

"Sea, cinnte, liom féin amháin."

Bhí cineál scanradh ag teacht ar Shimpleoir mar gheall ar an gcaoi a raibh siad ag féachaint air agus rinne sé gach iarracht a bheith níos dílse ná riamh do chomhairle a mhná.

"Sea, cinnte, liom féin amháin," a dúirt sé arís, lena dhearbhú dóibh agus iad a chur ar a suaimhneas.

"Is leor sin," arsa an sáirsint. "Ceanglaígí suas é, cuirigí glais láimhe air, a ghardaí, agus tugaigí libh chun na cúirte é."

Rug na gardaí air ar iompú boise ach tar éis chomh tapa agus a bhí siad ag breith air, bhí Simpleoir níos tapúla, ag rá, "Cinnte, táim ag tnúth go mór leis", agus ceol scáfar ina ghuth.

AN SEALGAIRE MISNIÚIL

Bhí sealgaire óg dathúil ann tráth darbh ainm Kó a chónaigh i mbaile beag tuaithe in aice na habhann i Sittaung i mBurma. Ba é an tslí bheatha a bhí aige ná bheith ag fiach toirc fhiáine sa dufair. Obair chrua agus chontúirteach ba ea í ach níor stop sin Kó. Thugadh sé aghaidh ar na cnoic go díograiseach gach lá agus thugadh spólaí feola abhaile leis le díol ar an margadh.

Maidin amháin tar éis drochaimsire agus stoirmeacha móra a leag crainn a bhí breis agus céad bliain d'aois, bhí Kó ag siúl tríd an dufair nuair a chuala sé caoineadh ag teacht as áit éigin. D'fhéach sé ina thimpeall agus d'ardaigh sé sceach agus chonaic sé dhá phearóid ghlasa a raibh a gcuid sciathán briste. Bhí trua aige dóibh agus thug sé go dtí a bhothán iad. Thug sé uisce le n-ól dóibh agus torthaí le n-ithe agus chuimil sé luibheanna dá gcuid sciathán briste. Tháinig an-iontas ar Kó nuair a thug sé faoi deara go raibh na pearóidí in ann labhairt ar nós daoine daonna.

Tar éis roinnt laethanta d'fheabhsaigh na pearóidí ionas go raibh a gcuid sciathán láidrithe arís agus iad in ann eitilt. D'oscail an phearóid fhireann a ghob buí agus dúirt le Kó, "Tá mise agus mo chéile an-bhuíoch díot as aire chomh maith sin a thabhairt dúinn. Mar chomhartha buíochais bronnfaimid bua faoi leith ort: beidh tú in ann teanga gach ainmhí, gach éin agus gach feithide a mhaireann a thuiscint. Ach caithfidh tú geallúint a thabhairt dúinn nach n-inseoidh tú d'éinne go deo go bhfuil an bua sin agat nó déanfar dealbh adhmaid díot ar an toirt."

Bhí iontas an domhain ar Kó agus gheall sé dóibh nach sceithfeadh sé a rún go deo. Sheas an phearóid bhaineann ar a ghualainn dheas agus an phearóid fhireann ar a ghualainn chlé ansin agus thosaigh siad ag cogarnaíl siollaí draíochta isteach ina chluasa. D'eitil siad leo ar ais go dtí an dufair ansin.

D'athraigh saol Kó ón lá sin amach. Bhí sé in ann clabaireacht an mhoncaí a d'aimsigh crann nua torthaí a thuiscint agus an mháthairfhia ag múineadh dá cuid fianna óga conas éalú ó na tíogair. Agus bhí sé in ann labhairt leis na leoin agus na heilifintí agus d'fhoghlaim sé mar a thug an nathair nimhe aire dá clann féin. Ba ghearr gur mhéadaigh a thrócaire agus an meas a bhí aige ar ainmhithe go mór ionas nach raibh sé in ann dul á bhfiach ná á marú níos mó. In áit dul ag fiach ainmhithe mar shlí bheatha chruinnigh sé torthaí agus glasraí fiáine agus thosaigh sé á ndíol ar an margadh.

Lá amháin chuala sé dhá iolar ag caint faoi stoirm mhór scanrúil a bhí ar tí séideadh an bealach. Chuaigh sé go tapa go dtí barr an chnoic ba ghaire dó agus d'fhéach ina thimpeall chomh géar grinn agus a bhí sé in ann. Ach ní raibh sé in ann tada a fheiceáil ach an ghrian a bhí ag lonradh anuas air agus néalta beaga boga bána a bhí an leoithne gaoithe a shéideadh go grástúil tríd an spéir ghorm. Ach nuair a thug sé faoi deara go raibh go leor de na hainmhithe ag dul ar foscadh agus na héin ag eitilt leo as an áit, tháinig imní mór air. Bheadh air a chairde agus muintir an bhaile a chur ar an eolas.

Rith sé síos an cnoc chomh tapa agus a bhí sé in ann. Shroich sé an baile sa tráthnóna nuair a bhí na feilméaraí ag filleadh ó na páirceanna. Rith sé go dtí teach cheannaire an bhaile. Bhí sé as anáil agus bhí go leor de mhuintir an bhaile ag gáire faoi. Ach nuair a mhol sé dóibh gach rud luachmhar a phacáil i dtaisce agus rith ar thóir foscaidh, gháir siad níos mó faoi.

"Bhí an sealgaire seo ag déanamh bolg le gréin ar feadh an lae agus ceapann sé anois go bhfuil an baile ar tí dul trí thine," a gháir siad. "An stróc gréine a fuair sé! Féach i do thimpeall! Tráthnóna chomh breá leis, an ghrian órga ar tí dul faoi agus dath an óir is rúibín fágtha ar an spéir shíochánta."

Ach níor ghéill Kó. Rinne sé iarracht dul i bhfeidhm orthu nuair a bhí siad ag iarraidh foighne a chur ann. Cheap go leor de mhuintir an bhaile go raibh sé as a mheabhair ar aon nós agus é a bheith ina chónaí leis féin i mbothán thuas ar an gcnoc.

Ar deireadh thiar thall, nuair a thuig Kó nach raibh siad á chreidiúint, bheartaigh sé a scéal iomlán a insint ionas nach scriosfaí an baile. Chruinnigh sé muintir an bhaile ar fad le chéile. D'inis sé dóibh mar a fuair sé an dá phearóid, agus nuair a dúirt sé leo go raibh na pearóidí in ann labhairt ar nós daoine, rinneadh adhmad dá chosa agus faoin am a raibh an scéal iomlán críochnaithe aige ní raibh cor as a éadan ná a chorp ach é siocaithe go hiomlán ina dhealbh chrua adhmaid. Bhí a lámh clé sínte amach uaidh aige amhail is dá mbeadh sé ag treorú na daoine amach as an mbaile. Ón gcontúirt. Thuig muintir an bhaile ansin nach gealt a bhí ann, ná duine a bhí imithe as a mheabhair, ach saoi. Rith siad láithreach chuig a gcuid tithe, phacáil gach ar fhéad siad agus d'fhág an baile le bheith sábháilte. Nuair a shiúil an bhó dheireanach amach trí gheataí an bhaile thosaigh sé ag báisteach. Lean díle bháistí agus gála stoirme i rith na hoíche. Scriosadh tithe an bhaile ar fad sna tuilte ach tháinig gach duine agus gach ainmhí slán.

Bhí muintir an bhaile an-tostach nuair a d'fhilleadar an lá dár gcionn. Ghlan siad a gcuid gairdíní agus thóg siad na tithe an athuair. Thóg siad dealbh Kó agus chuir ina sheasamh ag geataí an bhaile é agus a lámh sínte amach aige, amhail treoraí. Gach duine a théadh an bealach ina dhiaidh sin sheasaidís nóiméad agus thaispeánaidís a gcuid ómóis dó. Agus go dtí an lá atá inniu ann feicfidh tú dealbh dá leithéid ar imeall go leor bailte beaga tuaithe i mBurma.

THI NA TRÓCAIRE

Bean óg álainn ab ea Thi a raibh an-chion aici ar a fear céile, Thien, ainneoin gur chaith sé go suarach sprionlaithe léi.

Tráthnóna amháin, tar éis am lóin, shín Thien siar lena scíth a ligean agus thit sé ina chodladh. Bhí Thi ina suí lena thaobh. Stop sí soicind le breathnú ar a fear céile agus tháinig meangadh ar a béal nuair a chuala sí ag srannadh é agus an srannadh ag dul i neart. Díreach ansin thug sí faoi deara ribe fada gruaige ag fás amach as a shrón. Rug sí ar an siosúr a bhí lena taobh agus rinne sí iarracht an ribe a ghearradh. D'oscail Thien a shúile go tobann agus chonaic sé a bhean agus an siosúr ina láimh aici gar dá mhuinéal. Léim sé aniar agus lig scread scréachach as.

"Dúnmharú, dúnmharú!"

Rinne sí iarracht an scéal a mhíniú dó agus d'impigh sí air a bheith tuisceanach ach níor chreid sé í. Bhuail sé go dona í agus chaith sé amach as an teach í, á fágáil brónach, gortaithe gan dídean.

Ní raibh a fhios aici céard a dhéanfadh sí agus

shiúil sí an bóthar go dtí an chéad bhaile eile. Chlúdaigh sí a haghaidh álainn dhathúil le puiteach agus d'impigh ar mhuintir an bhaile lóistín a thabhairt di. Ach ní raibh aon duine sásta í a thógáil isteach. Ansin bheartaigh Thi a cuid gruaige a bhearradh agus ligean uirthi féin gur fear a bhí inti. Chuaigh sí chuig an teampall Búdaíoch agus rinneadh manach di.

Thagadh Mau, iníon cheannaire an bhaile, go dtí an teampall go rialta le freastal ar shearmanais reiligiúnda. Bhíodh deifir abhaile i gcónaí uirthi tar éis na searmanas, ach chomh luath agus a chonaic sí an manach óg nua dathúil bheartaigh sí fanacht agus cabhair a thabhairt ag pointeáil rudaí tar éis an tsearmanais. Bhíodh sí ag faire ar a seans labhairt leis agus aithne a chur air.

Ón lá sin amach thagadh Mau go dtí an teampall go rialta chun iarrachtaí a dhéanamh an manach óg a mhealladh. Thairg sí luí leis agus tháinig an-olc uirthi nuair a dhiúltaigh sé dá tairiscint. Níor dhiúltaigh aon fhear riamh roimhe sin í. Theastaigh díoltas uaithi agus thug sí í féin dá garda cosanta agus luigh sí leis. D'éirigh sí torrach agus rugadh páiste mic di. Dúirt Mau lena hathair gurbh é an manach óg athair an pháiste. Bhí a hathair ar buile. Thug sé an páiste go dtí an teampall agus dúirt sé leis an manach óg é féin a iompar mar a bheadh fear ann agus a bheith freagrach as a chuid gníomhartha. D'fhág sé an buachaill beag leis an manach sa teampall.

Dúirt an manach óg leis an Ab nárbh é athair an pháiste é ach níor chreid an tAb é agus caitheadh amach as an teampall é faoi dhlíthe na mBúdaíoch a bhriseadh.

Chuaigh an manach óg síos chun an bhaile agus an páiste ina bhaclainn aige ag screadach leis an ocras. D'iarr agus d'impigh sé ar mhuintir an bhaile braon bainne a thabhairt dó don pháiste. Ach bhí an scéala scaipthe go raibh an manach óg tar éis drochpheaca a dhéanamh agus chaith muintir an bhaile clocha leis agus chaith tuilleadh acu smugairlí ina éadan. Rith an manach óg amach as an mbaile agus an páiste ag caoineadh ina bhaclainn. Stop sé ag rith nuair a tháinig sé go dtí páirc ríse ina raibh bó bhainne. Chuaigh sé síos ar a dhá ghlúin os comhair na bó agus d'impigh sé uirthi braon bainne a thabhairt dó. Bhí iontas air nuair a luigh an bhó síos ar a taobh agus thug cead dó an páiste a bheathú lena cuid bainne. Agus as sin amach thagadh an bhó bhainne faoi dhó sa lá go dtí an phluais ina raibh siad ina gcónaí le bainne a thabhairt don pháiste nó go raibh sé sách sean le gnáthbheatha a ithe.

D'imigh na blianta. Tháinig an aois ar an manach óg nó go raibh sé ina sheanmhanach. Bhí muintir an bhaile tar éis ciúnú síos freisin. Bhí an-chion ag an seanmhanach ar a mhac agus thóg sé go maith é agus bhí sé ina ógánach cneasta. D'oibrigh an manach anchrua le go bhféadfadh sé an mac a chur ar scoil le hoideachas a fháil. Díreach sular bhain sé céim amach, fuair an seanmhanach bás oíche amháin ina chodladh.

Thug muintir an bhaile cabhair leis na hullmhúcháin a dhéanamh don tsochraid. Agus nuair a nigh siad corp an tseanmhanaigh fuair siad amach gurb í Thi a bhí ann agus baineadh geit mhór as an mac nuair a fuair sé amach gur bean a bhí ina "athair".

Bhí a mháthair, Mau, i dteach cara dá cuid nuair a chuala sí an scéal. Rith sí abhaile láithreach ach bhuail lasair thintrí ar an mbealach í. Dódh a corp isteach sa talamh ar an spota ina raibh sí.

BANPHRIONSA NA DTRÍ CHÍOCH

Bhí rí agus banríon ann a raibh an-imní orthu mar go raibh siad ag éirí sean agus nach raibh aon chlann acu. Tháinig deireadh tobann lena n-imní lá amháin nuair a fuair an bhanríon amach go raibh sí torrach, ainneoin go raibh sí amach go maith sna blianta. Rugadh iníon dóibh agus rinneadh ceiliúradh mór ar an ócáid le fleánna agus féastaí ar fud na ríochta.

Ach d'fhill an imní mhór go luath arís nuair a tháinig astralaí ríoga agus nuair a thuar sé tuismeá an bhanphrionsa.

"Tá trí chíoch ar an mbanphrionsa," a dúirt sé go duairc, "agus deirtear sna leabhair eolais ar fad nuair a saolaítear spreang dá leithéid go dtagann gach mí-ádh ar an tír: básanna, gortaí, cogaí, tuilte agus tubaistí go leor eile. Caithfear fáil réidh leis an mbanphrionsa."

"Caithfidh sé go bhfuil leigheas eicínt níos fearr ná sin ar an scéal," arsa an rí agus an bhanríon agus gan iad in ann é a chreidiúint. "Cén chaoi a bhféadfadh an chinniúint a bheith chomh cruálach." Bhí siad croíbhriste.

D'imigh na blianta agus d'fhás an banphrionsa suas ina cailín álainn dathúil, ach ní raibh aon dul ó thuar an astralaí – bhí trí chíoch uirthi. Bhíodh an t-astralaí agus airí an rí á chomhairliú gach lá faoin mí-ádh a d'fhéadfadh teacht dá bharr. Chaithfeadh an rí a chuid ama ina shuí leis féin ag iarraidh smaoineamh ar bhealaí ina bhféadfaí an iníon a shábháilt. Ansin, go tobann, smaoinigh sé ar phlean. Chuir sé amach forógra ag rá go dtabharfadh sé leath dá shaibhreas d'éinne a phósfadh a iníon agus a d'fhágfadh an tír.

Ní raibh sé de mhisneach ag éinne glacadh leis an tairiscint ar feadh tamall fada. Ansin lá amháin sheas beirt fhear ag geataí an pháláis.

"Pósfaidh muide an banphrionsa," a dúirt siad. Ba mhór an buille don rí agus don bhanríon an bheirt acu a fheiceáil mar bhí duine acu dall agus bhí cruit ar an bhfear eile, a bhí á threorú. Ach thuig an rí gurbh é seo an seans deireanach a bheadh aige a iníon agus a ríocht a shábháilt agus d'aontaigh sé ligean léi. Thug sé seoda, ór, airgead, beithígh agus grán dóibh agus dúirt sé leo imeacht chomh fada ón ríocht agus a d'fhéadfaidís.

Scar siad lena chéile ansin agus iad ag sileadh na ndeor agus d'imigh an banphrionsa is a beirt fhear céile leo ag siúl trí go leor gleannta is ag dreapadh thar go leor cnoc sular chuir siad fúthu i ngleann mór i bhfad ón ríocht. Mhair siad tamall maith le chéile go sona sásta. Bhí an-chion ag an mbeirt fhear ar a mbean. Ach ansin thosaigh éad ag teacht ar an gcruiteachán faoin ngean a léirigh an bhean don dall agus smaoinigh sé ar phlean le fáil réidh leis. Cheannaigh sé feoil lá amháin agus dúirt sé leis an dall, "Seo roinnt feola a fuair mé duit. Róst í agus ith í."

Ghlac an dall go buíoch leis an mbronntanas agus thosaigh sé á róstadh láithreach bonn. Ach trí thimpiste agus mar gur dall a bhí ann, slabáil sé roinnt uisce ar an bhfriochtán ina raibh an fheoil ag róstadh in ola the.

Spréach braonacha den ola amach san aghaidh air. Bhí an phian uafásach ag cur gathanna ann agus á dhó. Chlúdaigh sé a aghaidh agus rith i gcomhair uisce. Thosaigh sé ag doirteadh an t-uisce ar a éadan agus ba ghearr gur imigh an phian. Ach bhí pian fós ina shúile agus thosaigh na deora ag silt astu go tréan. Cheap sé go dtitfeadh an dá shúil amach as leis an méid deora a shil sé. Ansin tharla rud an-aisteach. D'imigh an phian de réir a chéile agus thosaigh sé ag feiceáil solas bán agus ansin ag feiceáil rudaí a bhí ina thimpeall. An sorn, an tine, potaí agus an friochtán. Bhí sé in ann feiceáil arís! Cén draíocht a leigheas é, a d'fhiafraigh sé de féin.

D'fhéach sé ar an bhfriochtán agus tháinig uafás air mar ba feoil nathair nimhe a raibh nimh inti a bhí os a chomhair. Chonaic sé a leithéid cheana nuair a bhí an t-amharc aige agus é ina ghasúr. Níor bhac a chara fiú leis an gcraiceann a fheannadh den nathair nimhe mar nár cheap sé go bhfeicfeadh an dall go deo é. Ach thuig sé anois go raibh an fheoil a bhí ar tí é a chur chun báis tar éis radharc na súl a thabhairt ar ais dó.

In imeacht ama, áfach, thosaigh a chuid oilc ag méadú de réir a chéile nuair a thuig sé gur theastaigh óna chara é a mharú. Theastaigh díoltas uaidh. Lá amháin, nuair a chuala sé an bhanphrionsa agus an cruiteachán ag teacht isteach sa teach, chuaigh sé i bhfolach ar chúl an dorais. Léim sé amach ag breith ar an mbanphrionsa, á hardú san aer agus á caitheamh leis an gcruiteachán.

"Shíl tú mé a mharú ach mar a fheiceann tú ní bhfaighidh mé bás go héasca!" a scread sé.

Bhuail an banphrionsa faoin gcruiteachán, a gcloigne ag bualadh i gcoinne a chéile agus thit an bheirt acu ar an urlár. D'éirigh siad go mall agus stangadh maith bainte astu agus iad ag stánadh ar an dall a bhí ag breathnú ar ais go teann orthu. Sheas siad ina dtost ansin ag breathnú ar a chéile mar gur mhothaigh siad go raibh athruithe míorúilteacha tar éis tarlú dóibh. Bhí. Nuair a buaileadh an bheirt chomh láidir sin i gcoinne a chéile díríodh droim an chruiteacháin agus pléascadh tríú cíoch na mná. Sheas siad ansin os comhair a chéile agus mearbhall intinne ar gach duine den triúr acu agus iad ag mothú agus ag déanamh staidéar ar a gcolainn féin ar feadh tamall fada, iad saor óna gcuid máchaillí, óna chéile.

AN LUCH A D'ITH AN SCRÍBHINN

Nuair a cruthaíodh an domhan ghlac ciníocha éagsúla seilbh air. Mhair treibheanna éagsúla i réigiúin éagsúla. Mhéadaigh a líon in imeacht ama agus is iomaí trioblóid a tharraing sé seo. Ceann de na fadhbanna a bhí acu ná nach bhféadfaí imeachtaí ná ócáidí stairiúla a bhreacadh síos. Ní raibh aon bhealach ann ina bhféadfaidís nóta a dhéanamh de nithe a bhí tábhachtach dóibh. Bhíodh argóintí móra agus cruachaint ann a théadh i líonmhaire. Mar gheall ar seo ní fhéadfaí a chruthú go cinnte céard a bhí ceart nó mícheart.

I ndeireadh báire bheartaigh na ciníocha agus na treibheanna éagsúla teacht le chéile agus cruinniú a bheith acu féachaint an bhféadfaí leigheas a fháil ar an staid mí-ábharach seo. Le linn an tionóil d'aontaigh siad ar fad gur chóir an cás a chur i láthair Thiarna an Domhain ag súil le go bhféadfadh sé cabhrú leis na daoine réiteach a aimsiú dá gcruachás.

Ba ghearr go ndeachaigh ionadaithe ó na ciníocha agus na treibheanna éagsúla chuig an Tiarna ag lorg comhairle agus cabhrach. Thuig sé a gcás láithreach agus bhronn sé foirmle speisialta draíochta ar gach dream acu. Bhí foirmle gach treibhe liostáilte in aon cháipéis thábhachtach amháin óna bhféadfaí foghlaim an chaoi le cuntas a choinneáil ar eachtraí trí chomharthaí éagsúla agus an chaoi le litreacha a úsáid ionas nach ndéanfaí dearmad orthu.

Thug na hionadaithe na foirmlí sainiúla seo ar ais leo go dtí a réigiúin dúchais. Rinne gach fear agus gach bean ó na treibheanna éagsúla staidéar orthu ansin nó go raibh na comharthaí ar fad de ghlanmheabhair ag gach duine. Dá bhrí sin bhí a gcóras scríbhneoireachta féin agus litreacha a n-aibitéir féin foghlamtha ag gach treibh agus é ar a gcumas eachtraí agus ócáidí tábhachtacha an tsaoil a chur i scríbhinn go buan.

Bhí treibh sléibhe as Maeo i measc na dtreibheanna úd a fuair a bhfoirmle phearsanta féin. Thuig an té a bhí ag iompar an eolais a luach. Bhí go leor mioneolais sa gcáipéis ina bhfoghlaimeodh lucht a threibhe a gcuid ceachtanna.

Bhí an oiread sin imní air faoin gcáipéis ionas gur theastaigh uaidh a chinntiú go mbeadh sé slán sábháilte ó aon dainséar go deo. Bhurláil sé suas í i bpacáiste teann a choinnigh sé in áit rúnda ionas go mbeadh sí ar fáil amach anseo le staidéar a dhéanamh air.

Bhí an cháipéis luachmhar seo fágtha i bhfolach le

linn don té a raibh sí faoina chúram a bheith i mbun a ghnóthaí laethúla. Rinne sé dearmad ar an gcáipéis ar feadh tréimhse, agus nuair a smaoinigh sé uirthi lá amháin chuaigh sé chun í a aimsiú. Ach ba ghearr gur thug sé faoi deara go raibh an cháipéis cangailte agus ite ag luchain. Bhí sé dodhéanta an fhoirmle a thuiscint ná aon mheabhair a bhaint as. Ní raibh fanta ach ribíní páipéir.

D'fhill ionadaí na Maeo ar phálás an Tiarna agus aiféala mór air. Chaith sé é féin ar a ghlúine sa dusta os comhair an Tiarna agus d'aithris a scéal truamhéalach nó go raibh na mionsonraí ar fad faoin scrios ar eolas ag an Tiarna.

"Iarrann muide ort, a Thiarna, a rialóir, liosta eile comharthaí a thabhairt dúinn."

Agus labhair an Tiarna. "Táim tar éis bhur leabhar agus bhur gcóras scríbhneoireachta a bhronnadh oraibh cheana féin. Níor thug sibh aire mhaith dó. Níl dul as anois agaibh ach glacadh leis na himpleachtaí a leanann!"

D'fhág Maeo slán ag an rialóir go hómósach agus rinne sé a bhealach abhaile go brónach. Nuair a bhain sé ceann scríbe amach chuir compánaigh a threibhe ceisteanna air as éadan. Dúirt sé leo gur dhiúltaigh an Tiarna foirmle eile comharthaí a bhronnadh orthu. Ní raibh ach an t-aon chóip amháin ann den fhoirmle scríbhneoireachta a bronnadh ar threibh Maeo agus bhí an chóip sin caillte choíche anois. Bhí orthu glacadh leis an méid sin. Ba iadsan an t-aon treibh amháin nach raibh a gcóras féin litreacha acu, rud a d'fhág difriúil iad leis na treibheanna timpeall orthu. Ba truamhéalach an dream anois iad. Sa deireadh sheas seanbhean suas agus thug dúshlán a treibhe, "Fiú mura mbeidh ár gcóras scríbhneoireachta féin ag an treibh s'againn amuigh anseo sna cnoic agus sna sléibhte ná cailleadh muid ár misneach. As seo amach buanóidh muid inár gcuimhne ár gcuid imeachtaí tábhachtacha ar fad agus gach mórócáid. Ní ligfidh muid i ndearmad na nithe móra suntasacha agus beidh an t-ádh orainn dá bharr."

D'aontaigh an lucht éisteachta leis an mbean agus sheas siad leis an socrú sin. Sin an chúis gur choinnigh muintir Maeo ina gcuimhne na nithe tábhachtacha i stair a gcine. Nuair a bhíonn ócáidí ceiliúrtha acu bíonn siad ag seanchas agus ag canadh ina dtaobh agus le chéile gardálann siad an t-eolas ionas nach gcaillfear choíche a dtásc ná a dtuairisc.

Agus le bheith airdeallach ar an eachtra shuntasach seo a tharla go luath i stair na treibhe chruthaigh na seanóirí uirlis cheoil ar a dtug siad an Khaen, píopaí déanta as cána bambú. Agus bíonn óige Maeo i gcomórtas le chéile ag casadh ceoil ar an uirlis seo. Ach sula gcasann siad na poirt cuireann siad tús le gach ceolchoirm le fonn faoi leith. Castar amach go hard é os cionn na gcnoc is na sléibhte a chaitheann a mhacalla ar ais. "*Djaem, adieu. Djaem, adieu.*" A chiallaíonn "an luch a d'ith an scríbhinn, an luch a d'ith an scríbhinn."

Cuireann na chéad nótaí sin ar na píopaí bambú i gcuimhne don lucht éisteachta an eachtra chinniúnach a tharla sna seanlaethanta ionas go seasfaidh siad le chéile, go mbeidh siad ag faire amach dá chéile agus go dtabharfaidh siad aire dá chéile, lena chinntiú nach dteipfidh ar chumhacht a gcuimhne choíche.

AN DÉIRCEOIR

Prionsa saibhir as ríocht Khmer in Oirthear na hÁise ba ea Prah Vate. Ní raibh deartháir na deirfiúr aige ach bhí gach a raibh uaidh sa saol seo aige: bean álainn, beirt pháistí, buachaill agus cailín, agus a ríocht féin. Duine dea-chroíoch ab ea é freisin, a raibh an-mheas aige ar mhuintir na ríochta ar fad. Thabharfadh sé an greim as a bhéal dóibh.

Bhí sé tar éis a ríocht a thabhairt uaidh cheana féin: an pálás breá a bhí aige, a chuid airgid ar fad, a chuid óir agus na searbhóntaí a bhíodh ag obair dó – bhí croí chomh mór flaithiúil sin aige. Bhí sé féin agus a theaghlach tar éis aistriú ón bpálás a bhíodh aige go dtí bothán beag tuaithe amuigh sa bhforaois ar thaobh an chnoic, cnoc ar a dtugtar Cnoc Sam, i Vítneam. Bhí saol simplí sona aige féin agus ag a chlann ansin nó gur tháinig strainséara ar cuairt acu lá amháin. Dúirt an strainséara leis an bprionsa nach raibh aon bhean sásta é a phósadh ós rud é go raibh sé bocht agus gránna ag breathnú. Chuir an strainséara ceist ar an bprionsa an mbeadh sé sásta a bhean chéile féin a thabhairt dó. Mar gheall ar chomh flaithiúil dea-chroíoch agus a bhí sé dúirt an prionsa Prah Vate go mbeadh sé sásta a bhean a thabhairt don strainséara. Thug an prionsa póg dá bhean agus d'ordaigh di imeacht leis an strainséara. Ach thosaigh a bhean ag gol agus líon macalla brónach a caointe an t-aer ina dtimpeall agus thóg an prionsa ina bhaclainn í.

"Tá brón mór orm, a bhanphrionsa," a dúirt sé.

"Ní féidir liom scaradh leat," a chaoin sí, agus d'impigh sí air a bheith trócaireach léi.

"Tá ort imeacht agus freastal ar an té a bhfuil easpa air," a dúirt sé agus tocht air is é ag slíocadh a mhéaracha trína folt bog gruaige.

"Beidh fíorghrá agam duit go deo," a dhearbhaigh sé.

Chaoin a bhean. "Tá an-ghrá agamsa duitse, agus ní theastaíonn uaim scaradh leat," a scread sí.

Rug sí greim docht ar an bprionsa. D'fháisc seisean ina bhaclainn í agus líon a shúile le deora nuair a mhothaigh sé a craiceann bog mín.

Nuair a chonaic an strainséara é seo chuaigh an mothúchán go smior ann ionas gur dhúirt sé leis an bprionsa nár theastaigh an banphrionsa uaidh níos mó mar bhean chéile. Dúirt an strainséara leis an bprionsa ansin nach gnáthdhuine a bhí ann ach aingeal ar theastaigh uaidh spreacadh an phrionsa a thástáil. Dúirt sé freisin go raibh sé an-sásta leis an gcineáltas a léirigh an prionsa agus a bhean dá chéile agus le flaithiúlacht an phrionsa. Sular fhéad an prionsa nó an banphrionsa a mbéal a oscailt, bhí an strainséara imithe as amharc.

Tháinig meangadh gáire ar bhéal na beirte acu agus chuala siad a gcuid páistí ag spraoi amuigh sa gclós, rud a chuir tuilleadh áthais orthu. Bhí an prionsa sásta mar go raibh a bhean chéile ansin go fóill lena thaobh agus mar go raibh a chuid páistí tar éis socrú síos go maith faoin tuath.

Idir an dá linn bhí seandéirceoir sa mbaile mór nach raibh pioc sásta. Bhíodh sé ag béiceach agus ag screadach chomh hard go gcruinníodh a chomharsana fiosracha timpeall an tí le go mbeidís ag cúléisteacht leis.

Bhuail an seandéirceoir a dhorn faoin mbord.

"Níor cheart duit é sin a dhéanamh!" a scread sé os ard ar a chara. (Bhí a chara tar éis an t-airgead ar fad a bhí sábháilte aige a thógáil agus a chailleadh ag cearrbhachas. Gach uile cent de.)

"An bhfuil a fhios agat cé mhéad duine a raibh orm dul chucu leis an méid sin déirce a chruinniú?" a scoilt guth an déirceora le holc. Ar feadh blianta fada bhí sé ag dul chuig an margadh ar thóir déirce i ngach cineál aimsire. Thugadh sé an t-airgead a bhíodh bailithe aige ansin dá chara a bhí in ainm is é a chur in áit shábháilte dó. Dúirt a chara leis an déirceoir a theach cónaithe a thógáil mar aisíoc.

"Níl do theach cónaithe uaim," a scread an déirceoir. "Cén chaoi ar féidir liom dul amach ar thóir déirce má bhíonn teach cónaithe agam? Tá mé ag iarraidh d'iníon!"

Sular fhéad a chara a bhéal a oscailt tháinig an iníon i láthair. Cailín óg álainn ab ea í. Dúirt sí lena hathair go mbeadh sí sásta glacadh leis an déirceoir mar réiteach. Bhí an déirceoir breá sásta leis an mbean chéile óg álainn. Bhí sí an-mhaith dó agus thug sí chuile aire dó. Bhíodh sí ag cócaireacht agus ag glanadh dó agus san oíche thugadh sí suathaireacht colainne dó. Ach ní raibh sí sásta. Dúirt sí leis gur mhaith léi páistí a bheith aici. Dúirt an seandéirceoir léi go raibh an-chion aige uirthi agus go ndéanfadh sé rud ar bith di lena sásamh ach go raibh an-aiféala air mar nach bhféadfadh sé í a dhéanamh torrach. Bhí sé róshean agus craite, a dúirt sé.

"Cloisim go bhfuil fear an-fhlaithiúil ina chónaí ar Chnoc Sam amuigh sa bhforaois," a dúirt sí. "Téigh chuige agus iarr air a chuid paistí a thabhairt dúinn mar sin."

An lá dár gcionn thug an déirceoir a aghaidh ar an bhforaois nó gur aimsigh sé an prionsa. D'impigh sé ar an bpionsa Prah Vate a bhean chéile a shásamh chun a phósadh a shábháilt. Ghlac an Prionsa trua don déirceoir agus thug sé dó a bheirt pháistí.

Ach bhí an déirceoir gortach suarach leis na páistí.

Chuir sé faoi ndeara dóibh dul amach ar thóir déirce fad a d'fhan sé féin sa mbaile lena bhean. Mura mbíodh mórán airgid ag na páistí ag teacht abhaile, bhuaileadh sé iad agus chuireadh sé a chodladh iad gan aon suipéar a thabhairt dóibh. Lá amháin bhí sé ag éisteacht leis na páistí ag caint eatarthu féin agus thuig sé ansin gurb iad garchlann an rí iad. Thug sé leis na páistí láithreach go dtí an pálás ríoga agus dúirt sé leis na gardaí faire gur theastaigh uaidh an rí a fheiceáil. Bhí ríméad mór ar an rí nuair a chonaic sé a gharchlann. Dúirt an rí leis an déirceoir go dtabharfadh sé aon rud a bhí uaidh dó mar chomhartha buíochais. Dúirt an déirceoir gur theastaigh uaidh riamh a bheith ina rí é féin lá éigin agus d'impigh sé ar an rí cead a thabhairt dó a bheith ina rí ar feadh aon lá amháin. Ceadaíodh sin dó.

Rinneadh rí aon lae de an lá dár gcionn. Agus nuair a bhí an chumhacht aige d'ordaigh sé na sólaistí ba dhaoire dó féin: togha na beatha ba dhaoire, scoth an fhíona agus torthaí den uile chineál faoin spéir agus scoth na ndamhsóirí óga áille. Bhí an seandéirceoir thar a bheith sásta leis an bhféasta a bhí ina thimpeall, an ceol iontach bríomhar agus na mná aille. Cheap sé go raibh sé sna flaithis. Tar éis dó a sháith go maith a bheith ite aige agus roinnt mhaith buidéal fíona ólta aige, d'ordaigh sé do na damhsóirí damhsa nocht a dhéanamh os a chomhair amach. Bhain sé an oiread sin pléisiúir as an damhsa gur stop a chroí go tobann ag bualadh. Thit an seandéirceoir i bhfanntais ar an talamh. Fuair sé bás. D'fhéach na daoine air agus gan iad cinnte an meangadh nó strainc a bhí ar a aghaidh.

SCARADH NA SPIORAD Ó NA DAOINE

Sa bhfíor-sheanaimsir mhair daoine, ainmhithe, aingle agus spioraid i bhfochair a chéile go sásta síochánta. Rinne siad ar fad a rogha rud dílis dá mothúcháin, dá mianta agus dá dtuiscintí féin. Bhí an chuid ba láidre acu i gceannas ar an gcuid ba laige agus á dtreorú agus ní bhíodh aon argóintí ann.

Ach ansin mheas na daoine go raibh siad féin níos cliste agus níos meabhraí agus dá réir chuir siad na hainmhithe faoi chois. Níor thaitin sé seo leis na hainmhithe agus d'iarr siad cabhair ar na haingle. Níor bhraith na haingle, áfach, go raibh an cás seo an-tábhachtach dóibh agus níor dhéileáil siad leis. Ghoill sé seo go mór ar na hainmhithe ionas gur tháinig siad le chéile leis an scéal a phlé agus le fáil amach céard a d'fhéadfaidís a dhéanamh. Theastaigh uathu go dtuigfeadh na daoine cé chomh héagórach a bhí sé na hainmhithe a chrá agus a chiapadh. Chuaigh siad chuig na daoine go cúthail agus d'impigh orthu a bheith níos tuisceanaí dá gcás agus dá mbealaí saoil, ach ní dhearna na daoine ach gáire mór magúil a dhéanamh fúthu agus dúirt, "Ainmhithe sibhse. Dá bhrí sin caithfidh sibh géilleadh dúinne agus dár gcuid orduithe feasta. Glacaigí le bhur gcinniúint."

D'fhill na hainmhithe abhaile go brónach, iad go mór in ísle brí agus ag mothú gur caitheadh go han-dona leo. Ach níor chaill siad a misneach ar fad. Tar éis an tsaoil bhí dream ann a bhí níos láidre ná na daoine: na spioraid, a raibh na sluaite acu ann agus a bhí ina gcónaí sa talamh agus san aer. Agus chuaigh na hainmhithe ar cuairt chuig prionsa na spiorad. Rinne siad achainí air, "Ó, a phrionsa na spiorad, an té is airde, tá na daoine ag baint mí-úsáid as do chuid sclábhaithe agus á maslú. Tá mí-ádh tagtha orainn anois. Treoraigh sinn amach as an ngábh seo ina bhfuil muid faoi láthair."

Chuir prionsa na spiorad meangadh air féin agus dúirt, "Sea, sea. Tuigeann muid bhur gcás agus aontaíonn muide libh: nach féidir glacadh leis an gcaoi a gcaitheann na daoine libh. Scanróidh muide iad. Abhaile libh anois!"

Cúpla lá ina dhiaidh sin chuaigh prionsa na spiorad chuig na daoine agus dúirt, "Tháinig muid anseo le dul ag obair daoibhse. Ba mhaith linn a bheith ar nós na n-ainmhithe atá mar sclábhaithe agaibh. Go deimhin, tá muid breá sásta oibriú ó mhaidin go hoíche daoibh gan fiú ár scíth a ligean. Mar, seans dá stopfadh muid lenár scíth a ligean gurbh amhlaidh a d'iompódh muid i bhur gcoinne lenár gcumhacht go léir. Dá dtarlódh sé sin bheadh sibh i gcontúirt mhór agus ní bheadh sibh in ann fáil réidh linn choíche. Beidh ár socrú i bhfeidhm go deo agus rachaidh sé i bhfeidhm láithreach."

Thosaigh na daoine ag gáire nuair a chuala siad é seo. Cé a chuala a leithéid de shocrú riamh cheana? Na spioraid ag iarraidh a bheith mar shearbhóntaí ag na daoine, ag sclábhaíocht oibre ó mhaidin go hoíche le go bhféadfadh na daoine síneadh siar ar a gcompord ó chluais go drioball gach lá dá saol?

Ghlac na daoine leis na spioraid mar oibrithe go fonnmhar. Ar dtús choinnigh siad a gcuid searbhóntaí nua ag obair in aice láimhe. Thug siad obair den uile chineál le déanamh dóibh: curadóireacht agus saothrú na talún, tógáil tithe, tógáil bóithre agus cosán, déanamh éadaigh agus táilliúireacht agus go leor seirbhísí eile. Cibé ní a bhí le déanamh rinne na spioraid dóibh é go héifeachtach gan smaoineamh faoi dhó air nó go raibh an obair ar fad déanta do na daoine. Ní raibh tada fágtha gan déanamh.

Nuair nach raibh aon bhuille eile oibre le déanamh do na daoine thosaigh na spioraid ag pleidhcíocht leis an am a chaitheamh. Ansin thosaigh siad ag imirt cleasanna ar na daoine, ag magadh fúthu agus fiú á ngortú. Bhí na daoine níos measa as ná mar a bhí riamh cheana agus d'éirigh siad an-suaite. Faoi dheireadh smaoinigh siad ar phlean leis na spioraid a shásamh trí íobairtí a ofráil dóibh. Ní raibh a fhios acu céard a d'ofrálfaidís i dtosach ach ba ghearr gur shocraigh siad ar na hainmhithe a ofráil. Mhéadaigh sé seo ocras na spiorad agus as sin amach bhíodh ar gach duine a bhíodh i bpian ainmhí a mharú mar ofráil do na spioraid. Nuair a d'imíodh an phian go mall ina dhiaidh sin ghlacadh na daoine leis gurbh iad na spioraid a bhí ar ais ag obair dóibh arís ba chúis leis. Ach níorbh fhada a mhairfeadh seo go minic mar go dtagadh an phian ar ais.

Bhí ar na daoine a admháil go raibh an réimeas síochánta a bhí i bhfeidhm idir iad féin, na hainmhithe, na haingle agus na spioraid curtha dá chois. Thosaigh faitíos ag teacht orthu roimh na haingle agus roimh na spioraid agus bhí siad ag smaoineamh ar iad féin a dhealú amach uathu. Bhí an ruaig le cur ar na haingle i dtosach mar gur fhan siad siúd díomhaoin an t-am ar fad. Chun é seo a chur i gcrích shocraigh na daoine úsáid a bhaint as na spioraid. D'ordaigh siad do na spioraid dul ag piocadh ar na haingle agus a bheith ag spochadh astu de shíor. Níor thaitin sé seo leis na haingle. Bhí a fhios acu, dar ndóigh, gurbh iad na daoine a bhí taobh thiar den chiapadh seo ar fad. Bhí cibé ádh a bhíodh orthu iompaithe ina mhí-ádh agus bhuail siad bóthar. Scar siad iad féin ó na daoine agus d'eitil leo i dtreo na bhflaitheas. Ní raibh fanta ar thalamh anois ach na spioraid, na daoine agus na hainmhithe.

Ba mhór an sásamh do na daoine gur imigh na haingle. Ach bhí na spioraid timpeall fós, áfach, agus chaithfí obair a fháil dóibh le déanamh. Ansin dhírigh na daoine a n-aird ar áiteacha níos faide ó bhaile. Thug siad treoir do na spioraid go leor crainnte a chur – b'in mar a d'fhás na chéad fhoraoiseacha ar fud an domhain. Ansin d'ordaigh na daoine do na spioraid an chré agus na clocha a chartadh aníos agus cnoic agus sléibhte móra a dhéanamh aisti. Ina dhiaidh sin ghearr siad srutháin tríd an talamh, agus nuair a bhí an méid sin déanta, mhéadaigh na srutháin chomh mór leathan nó go raibh siad ina n-aibhneacha. Ach ní raibh na daoine sásta fós le obair na spiorad agus ba ghearr go raibh cuid de na haibhneacha le méadú nó go raibh siad ina locha móra agus roinnt acu sin a bhí méadaithe ina n-aigéin mhóra. Bhí an obair ar fad déanta ar an talamh faoi dheireadh. Ansin fuair na daoine jab nua eile do na spioraid. Bhí orthu na flaithis a thógáil, an t-aer agus na néalta. Agus ina dhiaidh sin, na rudaí ar fad ar theastaigh ó na daoine le n-úsáid ina saol laethúil. Faoin am seo ní raibh tada fágtha gan déanamh agus ní raibh na daoine in ann smaoineamh ar aon rud eile a d'fhéadfaí a dhéanamh cé go ndearna siad chuile iarracht.

Lá amháin bhí fear sínte siar go leisciúil ar urlár a thí. Bhí sé bréan de féin mar go raibh ag cinneadh air an t-am a chaitheamh. Bhuail smaoineamh é go tobann: theastaigh uaidh go bpiocfadh a bhean amach gach ribe gruaige a bhí faoina ascaillí. Nuair a bhí sí á dhéanamh seo bhuail smaoineamh í féin.

"Ó sea, a stór," a dúirt sí, "cén fáth nach bhfaigheann muid na spioraid leis na ribí gruaige atá faoi do chuid ascaillí a scoilteadh ina dhá leath? B'fhéidir go gcinnfeadh an méid sin ar na spioraid mar gheall ar chomh cam, casta, catach atá na ribí seo."

Nuair a tháinig na spioraid chun oibre an mhaidin dár gcionn thug an fear jab do gach ceann acu le déanamh: ribe amháin gruaige óna ascaill a scoilteadh ina dhá leath.

"Ach bígí cúramach," a bhagair sé. "Caithfidh an scoilt a bheith mín agus díreach, agus ná bíodh na ribí cam agus casta i bhur ndiaidh."

Gháir na spioraid. B'in jab éasca, dar leo. Bheidís críochnaithe ar iompú boise. Thosaigh siad ag scoilteadh na ribí. Ach ba chuma cé chomh deacair agus a thriail siad, ní bhíodh na ribí gruaige ó ascaill an fhir díreach nuair a bhídís scoilte. Shnapadh na ribí ar ais gach uair agus thagadh cor iontu. Ní raibh aon deacracht iad a scoilteadh ach níorbh fhéidir iad a dhíriú, fiú tar éis seacht nó ocht n-uaire an chloig a chaitheamh leo. Tháinig mná na spiorad le cabhair a thabhairt dá gcuid fear céile ach chinn orthusan freisin aon dul chun cinn a dhéanamh. Faoi dheireadh labhair duine de na spioraid, "Níl muid in ann oiread agus ribe amháin gruaige a scoilteadh agus a dhíriú. Fiú dá gcaithfeadh muid mí eile leis an obair seo ba é an dá mhar a chéile againn é. Tá an oiread sin fionnaidh in ascaill an fhir seo, agus tá dhá ascaill aige, an péire acu ag cur thar maoil. Dá mbeadh muid chun coinneáil orainn ag scoilteadh agus ag díriú gach ribe acu – sin gan bacadh le gach fear eile ar domhan – bheadh muid ag baoiteáil leis an obair seo go dtí lá ár mbáis, agus fiú faoin am sin ní bheadh muid ach ina thús, is cuma cé mhéad bliain a bheadh imithe idir seo agus sin."

Bhí prionsa na spiorad é féin tar éis ribe a tharraingt amach an mhaidin sin. Chuir sé ceist ar an bhfear, "Tá níos mó acu seo agat, nach bhfuil?"

"Tá," a dúirt an fear ag ardú a láimhe á dtaispeáint dó. Bhí sé soiléir gur fhás an-chuimse acu i dtaise ascaillí an fhir. Bhí ribí nua ag fás cheana féin in áit na gceann a tarraingíodh an mhaidin sin. Chaill prionsa na spiorad a mhisneach agus d'iompaigh ar a sháil agus múisc air.

"Bíodh acu," a dúirt sé. "Tá muid ag cur ár gcuid seirbhísí ar ceal ón nóiméad seo amach. Tá sé ródheacair domsa na ribí luascacha seo a scoilteadh go mín díreach síos ina lár. Mar bharr ar an mí-ádh nílim in ann cur suas leis an mboladh géar bréan allais atá ag teacht ó do chuid ascaillí. Cuireann sé tinneas cinn agus múisc orm!"

D'imigh an spiorad as amharc tar éis an méid sin a rá.

Ó shin i leith tá na spioraid tar éis iad féin a dhealú amach ó na daoine. Níl fágtha ach ainmhithe agus daoine ar dhroim na talún anois.

Ón am sin i leith, áfach, tá faitíos ar na daoine roimh chumhacht na spiorad.

AN DROCHSHÚIL

Bhí seanlánúin ann tráth a bhí ina gcónaí le chéile chomh fada sin ionas go raibh siad tinn tuirseach dá chéile. Ní raibh mórán faitís orthu roimh an mbás ná roimh an uaigh ach oiread. Chruinnigh agus charnaigh siad go leor saibhris agus airgid i rith a saoil. Ach mar a tharlaíonn do dhaoine de ghnáth, bhí siad ag iarraidh tuilleadh.

Dúirt an fear leis féin lá, "Nuair a gheobhas mo bhean chéile bás gheobhaidh mé bean óg álainn dom féin, agus cá bhfios nach bpósfainn arís."

Ní raibh a dóthain den saol fós ag a bhean ach oiread agus chuir sí plean le chéile di féin. "Ach a mbeidh m'fhear céile básaithe, beidh mé go deas liom féin agus gheobhaidh mé staic d'fhear breá óg dathúil dom féin," a dúirt sí ina hintinn.

Théadh an seanfhear craite amach ina chuid páirceanna chuile mhaidin ag déanamh a chuid oibre. Idir an dá linn bhíodh a sheanbhean mhantach sa mbaile ag bruith na ríse a thugadh sí amach chuige mar lón ag meán lae.

Lá amháin smaoinigh an seanfhear ar phlean le dlús a chur le bás a mhná céile. Chart sé poll mór i lár an chosáin ar a siúladh a bhean gach lá nuair a bhíodh sí ag tabhairt a lóin chuige. Gheobhadh sí bás cinnte, a smaoinigh sé, dá dtitfeadh sí i mullach a cinn síos sa trap seo.

Ach mar a tharla sé, bhí plean ag an mbean freisin le deireadh a chur lena fear céile an lá céanna. Chuir sí slám maith nimhe isteach i rís an fhir, chuir isteach i mbosca an lóin é agus thug sí a haghaidh amach ar na páirceanna.

Ach ní raibh sí ach leath bealaigh nuair a d'imigh an talamh fúithi agus thit sí síos sa bpoll a bhí clúdaithe le géagáin laga agus le duilleoga crainnte. D'oibrigh an trap. Ní raibh amharc ar bith uirthi ach í ina scraith mharbh.

Tháinig an fear chomh fada leis an bpoll a shlog a bhean agus chonaic sé a bhosca lóin ar an mbruach. Bhí áthas an domhain air go raibh a lón féin slán sábháilte mar bhí sé caillte leis an ocras. D'ith sé é go hamplach.

Mhothaigh sé pianta géara ag teacht ina bholg.

GAL ÓIPIAM

Bhí lánúin shaibhir ann tráth a raibh mac amháin acu. Ach chaith an mac an oiread óipiam ionas nach raibh pingin ná cent fágtha ag a thuismitheoirí. Bhí siad ar buile leis agus thug siad bata agus bóthar dó agus dúirt siad leis a phíopa óipiam a thabhairt leis.

D'imigh sé leis isteach sa bhforais nó gur tháinig sé chomh fada leis an mbaile ina raibh na fathaigh ina gcónaí. Theastaigh uaidh dul isteach i gceann de na tithe lena scíth a ligean agus gail a chaitheamh ach tháinig fear chuige agus dúirt, "Seo é baile na bhfathach. Imigh leat as seo go beo, nó íosfaidh na fathaigh thú."

D'oscail sé an doras ag taispeáint ceann de na tithe don fhear óg lena scanrú. Bhí an teach lán le cnámha daoine a bhí fágtha thart tar éis do na fathaigh a ndinnéar a bheith ite acu. Ach ní raibh aon fhaitíos ar an ógánach ach shín sé siar ar na cnámha ansin agus thosaigh ag caitheamh óipiam.

Nuair a d'fhill na fathaigh abhaile chonaic siad sínte siar ansin rompu é.

"Gread leat amach as seo go beo," a scread siad, "nó íosfaidh muid beo tú."

Ach d'fhreagair an t-óganach iad agus dúirt, "Níl mé ag dul áit ar bith go ceann tamall eile. Tá ocras orm agus caithfidh mé tine a ithe i dtosach."

Ní fhaca na fathaigh fear ag caitheamh óipiam riamh cheana agus stán siad air le hiontas. Nuair a shúigh an t-óganach isteach an deatach agus nuair a d'fhan sé taobh istigh dá cholainn chreid siad a chuid cainte agus scanraigh siad. Thairg siad bronntanais luachmhara don óganach ach é imeacht leis go síochánta as a mbealach. Ghlac sé leis na bronntanais agus d'fhill abhaile ar a thuismitheoirí a bhí beo bocht. Bhí siad saibhir arís.

AN LEISCEOIR LUACHMHAR

Bhí seanfhear saibhir ann uair a raibh iníon álainn aige. Seanfhear leisciúil a bhí ann a bhí leisciúil gach lá dá shaol agus a raibh an-mheas aige ar an leisce agus ar dhaoine leisciúla. Ní raibh aon mheas aige ar na daoine maithe a bhíodh ag teacht ag cúirtéireacht a iníne. Mhionnaigh sé agus mhóidigh sé nach dtabharfadh sé a iníon d'éinne le pósadh ach amháin do dhuine a bheadh níos leisciúla ná é féin.

Ach bhí an iníon ag éirí míshocair agus mífhoighneach mar gur mhaith léi comhluadar fir. Bhíodh sí ag impí ar a hathair gan a bheith chomh dian ar na fir óga a thagadh á hiarraidh.

Ní raibh an seanfhear sásta géilleadh ionga ná orlach, áfach. Chaithfeadh cibé fear a phósfadh í a bheith ina liúdramán ceart agus ite ag leisce.

Lá amháin, le linn don bheirt acu a bheith ina suí ar phóirse an tí ag déanamh aeir is ag breathnú uathu, chonaic siad fear a cheap siad a bhí ag déanamh a bhealaigh chucu. Fear óg gioblach garbh a bhí ann a bhí ag siúl – nó ag cúlú – go mall leisciúil in aghaidh a chúil. Níor fhéad an seanfhear gan a bheith ag gáire faoi.

"Céard atá ar bun agatsa?" a d'fhiafraigh sé nuair a bhí an fear ina n-aice agus a dhroim leo.

"Tháinig mé anseo ag iarraidh d'iníon le pósadh," a d'fhreagair sé agus a dhroim fós leo.

"Agus cén fáth nár shiúil tú anseo seachas cúlú in aghaidh do chúil?" a d'fhiafraigh an seanfhear.

"Ionas nach mbeadh orm aon stró a chur orm féin casadh ar mo sháil agus iompú thart nuair a dhiúltófá d'iníon a thabhairt dom," a d'fhreagair sé.

Thaithin a fhreagra leis an seanfhear. Chreid sé ansin go raibh a mháistir faighte aige – fear a bhí níos leisciúla ná é féin – agus thug sé a iníon dó le pósadh.

FILÍOCHT NA BHFROGANNA

Chuaigh ceathrar amadán ar an ól lá nó go raibh a ndóthain go maith ólta acu. Bhí siad ag caint, ag cabaireacht agus ag seafóid leo eatarthu féin. Ba ghearr gur tharraing siad chucu an fhilíocht mar ábhar cainte. D'aontaigh siad ar fad gur chóir cúrsaí filíochta a fheabhsú agus bheartaigh siad dá réir ar fhilíocht níos fearr a chumadh ná a cumadh riamh cheana. Ach faoi chéard? B'in an cheist mhór.

"Bhuel," a mhol duine acu, "féachaigí an frog sin atá ina shuí ag a pholl thall ansin, bíodh sí againn mar ábhar!"

"Cinnte," a d'aontaigh an dara duine. "Do na mórfhilí ar fad níl an t-ábhar tábhachtach. Níl sé chomh tábhachtach sin. Is é an chaoi a ndéanann siad é a láimhseáil is tábhachtaí. Tosaímis."

Smaoinigh an chéad duine acu go dian dícheallach arís agus arís eile, agus ansin chum líne.

"Tá frog beag bídeach ina shuí ina pholl."

Ba ghearr gur tháinig cuileoigín agus léim an frog,

rud a spreag an dara duine le líne filíochta a aithris ar an toirt.

"*Tá frog beag bídeach ag léimneach as a pholl.*"

"Iontach, iontach," a spreag a chairde. "Thar barr ar fad."

Thosaigh an tríú duine ag cur strainceanna air féin agus á thochas féin. Bhí an chuileoigín imithe léi faoi seo ach bhí an frog ina shuí go ciúin ansin go fóill. B'in é é! Bhí sé aige! Lean an tríú file leis an bhfilíocht.

"*Tá frog beag bídeach ina shuí ina pholl . . . arís.*"

"Cumhachtach, cumhachtach," a bhéic a chomhfilí agus sceitimíní an domhain orthu. Bhí an ceathrú fear ag slogadh a sheile nuair a chonaic sé an frog ag tógáil léim bheag. Chum sé, "*Suíonn sé go socair síochánta agus léimeann leis ansin.*"

"Cumhachtach cruthaitheach, cruthaitheach cumhachtach," a bhéic an ceathrar fear as béal a chéile.

D'aithris siad an sárobair chumadóireachta a bhí déanta acu arís agus arís eile nó go raibh an véarsa de ghlanmheabhair ag gach duine acu. Bhí siad in ann é a aithris droim ar ais fiú. Rinne siad comhghairdeachas lena chéile go croíúil ansin agus rinne ceiliúradh ar an ócáid. Le titim na hoíche, áfach, thosaigh beagáinín imní ag teacht orthu.

"Chuala mé ráite é," arsa duine acu, "nuair a éiríonn le ginias filíocht den scoth a chumadh, mar atá déanta againne anseo inniu, go mbíonn a chuid laethanta ar an saol seo teoranta."

"Sin í an fhírinne ghlan, mo bhrón; bíonn siad rómhaith don saol seo," arsa an dara duine ag aontú leis. "Bíonn éad ar an saol eile le daoine cumasacha a bhíonn sa saol seo. Céard a dhéanfas muid anois?"

"Bhí sé chomh maith dúinn muid féin a ullmhú chuige! Cónraí a ordú as láimh," a dúirt an bheirt eile.

Chuaigh siad chuig fear an tí ósta mar a raibh siad ag ól agus dúirt siad leis glaoch ar an adhlacóir agus ceithre chónra bhreátha a ordú láithreach. D'fhéach fear an tí ósta orthu agus mearbhall air.

"Ach céard a tharla? Cé atá marbh? Timpiste? Cén fáth an oiread sin cónraí a ordú ag aon am amháin?" a d'fhiafraigh sé.

Mhínigh na filí a scéal dó.

"Aithrisígí bhur ndán dom láithreach," a d'impigh fear an tí ósta agus é ar bís.

"Ceart go leor. Ceart go leor."

"Ba chóir go gcloisfeadh an saol mór é."

"Éist."

"Tá frog beag bídeach ina shuí ina pholl."

"Tá frog beag bídeach ag léimneach as a pholl."

"Tá frog beag bídeach ina shuí ina pholl... arís."

"Suíonn sé go socair síochánta agus léimeann leis ansin."

D'ordaigh fear an tí ósta cúig chónra láithreach bonn.

"Is domsa féin an cúigiú cónra," a mhínigh sé dóibh agus é ar crith. "A rí na bhflaitheas! A leithéid d'fhilíocht. A leithéid de véarsaí. A leithéid de chumadóireacht. Cuirfidh sí chun báis mé. Cuirfidh cinnte."

GAN FÓGRA

IASC ÚR AR DÍOL ANSEO a bhí scríofa ar fhógra an díoltóra éisc os cionn a bhotha.

"Cén fáth béim a leagan ar an bhfocal 'úr'?" a cheistigh custaiméir dá chuid go magúil lá. "Cheapfá ón bhfógra sin agat go mbíonn tú ag díol iasc stálaithe nó iasc lofa laethanta eile."

Bhain an díoltóir an focal *ÚR* amach as an bhfógra cé go raibh sé idir dhá chomhairle faoi.

An lá dár gcionn tháinig custaiméir eile chuige agus é ag gáire.

Dúirt sé leis go raibh sé áiféiseach go mbeadh na focail *AR DÍOL* sa bhfógra aige.

"Ar ndóigh ní á thabhairt uait in aisce atá tú?" a dúirt sé.

D'aontaigh an díoltóir éisc leis an moladh agus bhain sé amach na focail *AR DÍOL* as an bhfógra.

Thug cara dá chuid cuairt ar an díoltóir éisc agus dúirt, "Nach bhfuil fhios ag an saol mór gur anseo atá tú. Ar ndóigh ní míle siar an bóthar atá tú. Cén áit eile a mbeifeá ach anseo?" Ghlan an díoltóir amach an focal *ANSEO*.

Tháinig cara eile fós chuige agus dúirt, "Ó bhun na sráide is féidir liomsa, agus le gach duine eile táim cinnte, boladh láidir an éisc a fháil ó do bhoth díolaíochta. Nach mbeadh éinne a bheadh ag iarraidh iasc a cheannacht uait in ann do bhoth a aimsiú agus a dhá shúil dúnta. An gá duit fiú é a fhógairt le fógra ar a bhfuil 'iasc' scríofa?"

Bhain an díoltóir éisc anuas an fógra.